रज़ा पुस्तक माला

# नींद नहीं जाग नहीं

उपन्यास

रज़ा फ़ाउण्डेशन | THE RAZA FOUNDATION

# नींद नहीं जाग नहीं

अनिरुद्ध उमट

वाणी प्रकाशन

रज़ा पुस्तक माला : उपन्यास

प्रधान सम्पादक : अशोक वाजपेयी | सम्पादक : पीयूष दईया

वाणी प्रकाशन और रज़ा फ़ाउण्डेशन का सह-प्रकाशन


वाणी प्रकाशन

*4695, 21-ए, दरियागंज, नयी दिल्ली 110 002*

फ़ोन : +91 11 23273167 फ़ैक्स : +91 11 23275710

**शाखाएँ**

*अशोक राजपथ, पटना 800 004, बिहार*

*कॉफ़ी हाउस कैम्पस, महात्मा गांधी मार्ग, इलाहाबाद 211 001, उत्तर प्रदेश*

*महात्मा गांधी अन्तरराष्ट्रीय हिन्दी विश्वविद्यालय, वर्धा 442 001, महाराष्ट्र*

*सुल्तानिया रोड, मोतिया पार्क, भोपाल 462 001, मध्य प्रदेश*

www.vaniprakashan.com
marketing@vaniprakashan.in
sales@vaniprakashan.in

NEEND NAHIN JAAG NAHIN
*by* Aniruddh Umat

ISBN : 978-93-88684-03-3
Novel





प्रथम संस्करण 2020

मूल्य : ₹ 175





*सिटी प्रेस, दिल्ली-110 095 में मुद्रित*

*वाणी प्रकाशन का लोगो मक़बूल फ़िदा हुसेन की कूची से*

कवि-अग्रज नन्दकिशोर आचार्य
के लिए

# आमुख

कलाओं में भारतीय आधुनिकता के एक मूर्धन्य सैयद हैदर रज़ा एक अथक और अनोखे चित्रकार तो थे ही उनकी अन्य कलाओं में भी गहरी दिलचस्पी थी। विशेषतः कविता और विचार में। वे हिन्दी को अपनी मातृभाषा मानते थे और हालाँकि उनका फ्रेंच और अँग्रेज़ी का ज्ञान और उन पर अधिकार गहरा था, वे फ्रांस में साठ वर्ष बिताने के बाद भी, हिन्दी में रमे रहे। यह आकस्मिक नहीं है कि अपने कला-जीवन के उत्तरार्द्ध में उनके सभी चित्रों के शीर्षक हिन्दी में होते थे। वे संसार के श्रेष्ठ चित्रकारों में, 20-21वीं सदियों में, शायद अकेले हैं जिन्होंने अपने सौ से अधिक चित्रों में देवनागरी में संस्कृत, हिन्दी और उर्दू कविता में पंक्तियाँ अंकित कीं। बरसों तक मैं जब उनके साथ कुछ समय पेरिस में बिताने जाता था तो उनके इसरार पर अपने साथ नवप्रकाशित हिन्दी कविता की पुस्तकें ले जाता था : उनके पुस्तक-संग्रह में, जो अब दिल्ली स्थित रज़ा अभिलेखागार का एक हिस्सा है, हिन्दी कविता का एक बड़ा संग्रह शामिल था।

रज़ा की एक चिन्ता यह भी थी कि हिन्दी में कई विषयों में अच्छी पुस्तकों की कमी है। विशेषतः कलाओं और विचार आदि को लेकर। वे चाहते थे कि हमें कुछ पहल करनी चाहिए। 2016 में साढ़े चौरानवे वर्ष की आयु में उनकी मृत्यु के बाद रज़ा फ़ाउण्डेशन ने उनकी इच्छा का सम्मान करते हुए हिन्दी में कुछ नये क़िस्म की पुस्तकें प्रकाशित करने की पहल रज़ा पुस्तक माला के रूप में की है, जिनमें कुछ अप्राप्य पूर्व प्रकाशित पुस्तकों का पुनःप्रकाशन भी शामिल है। उनमें गाँधी, संस्कृति-चिन्तन, संवाद, भारतीय भाषाओं से विशेषतः कला-चिन्तन के हिन्दी अनुवाद, कविता आदि की पुस्तकें शामिल की जा रही हैं। सभी पुस्तकों पर रज़ा साहब और उनके समकालीन मित्र चित्रकारों आदि की प्रतिकृतियाँ आवरणों पर होंगी।

आमतौर पर रज़ा पुस्तक माला में हम मूल हिन्दी उपन्यास या कहानियाँ शामिल नहीं करते हैं। अनिरुद्ध उमट की कृति 'नींद नहीं जाग नहीं' इसलिए अपवाद है क्योंकि वह कई विधाओं की सीमाओं का अतिक्रमण कर रची गयी है। उसमें कथा और कविता दोनों एक-दूसरे में घुले-मिले हैं। ऐसे निर्भीक प्रयोग कथा और कविता दोनों की रूढ़ियाँ ध्वस्त कर नया स्वाद, नयी सार्थकता अर्जित करते हैं।

—अशोक वाजपेयी

# नींद नहीं जाग नहीं

वह आ रही है।

वह जाते वक़्त भी आती-सी लगती है।
वह आने के वक़्त भी जाती-सी लगती है।
वह आ रही है।

चिलचिलाती अप्रैल की दुपहर में वह कुल्फी वाले की टन टन टन टन की ध्वनि से गुज़रती पसीने और थकान से सनी दो-तीन जर्जर छाया के पेड़ों के नीचे से होती चली जा रही है। उसके कन्धे पर छोटा बैग है जिसमें मोबाइल की रिंग बज रही है। उस रिंग से उसका वह कन्धा कुछ पल के लिए उसके चलने से दूर हो गया। फिर जब रिंग दम तोड़ गयी तो वह कन्धा फिर से उसके साथ चलने लगा।

उसके चेहरे पर गहरा भूरा चश्मा है और बालों को कस कर चोटी बनायी है और उसके चेहरे पर तपती चट्टान की चिलक पसीने में भीग रही है।

उसे पता था ठीक उसके सर के ऊपर बहुत ऊपर आकाश में एक चील उसके बढ़ने के साथ आगे बढ़ रही है। पता नहीं वह चील उस पर अपनी छाया करना चाहती है या उसका शिकार या उसे उसके घर तक पहुँचाना चाहती है।

वह रुकती है।

स्टेशनरी की दुकान से कई पैन और ढेरों सफ़ेद काग़ज़ ख़रीदती है।

वह रुकती है।

पता नहीं क्यों।

फिर वह चल पड़ती है।

# 2

वह आ रही है।

बस कुछ दूर ही वह घर जो अब सूना पड़ा है। सूने घर के खुले दरवाज़े से वह तपते आँगन को पार करती सीढ़ियों पर चढ़ रही है।

'सुनो दरवाज़ा बन्द करती आना।'

कभी वह सुना करती थी उस दरवाज़े के बारे में जो उसके आने से पहले और जाने के बाद भी खुला ही रहता था।

वह छत पर कमरे के खुले दरवाज़े के आगे खड़ी थी।

दरवाज़ा छोटा था। वह हर बार कहता था *जरा सर नीचा करके आना।*

वह सर नीचा करके मुचड़े से कमरे में दाखिल होती। जहाँ मुचड़े पलँग पर वह मुचड़ा-सा लेटा होता था। उसकी मुचड़ी मुस्कान से ज़्यादा उस कमरे में और कुछ भी नहीं था।

वह सूखी आँखों और काँपते फटे होठों से उसे देखता रहता। वह उस पर झुक कुछ यूँ देखती-सी लगती जैसे किसी अन्धे कुएँ में झाँक रही हो।

*क्या देख रही हो वह इधर नहीं है वह उस तरफ़ कहीं दूर है।* वह उसके देखने की बगल से रास्ता बनाता-सा उसके पीछे बता रहा था। उसकी अँगुली तब दूर आकाश में उड़ती चील से भी आगे जा चुकी थी।

उसने पीछे देखा।

पीछे से उसकी आवाज़ आ रही थी *स्वर्ग का द्वार इसी दिशा में उस ओर है जिसकी झलक मैंने देखी है। पर अब तक कोई उस द्वार तक पहुँच नहीं पाया है।*

कोई भी एक नहीं।

कोई भी नहीं।

वह समृद्ध ज़मींदार का बर्बाद बेटा अपने आधे सड़ चुके पैर में नीडल से दवा उतारना जानता था। किसी

दिन ज़रूर मीना कुमारी, रहमान, यूसुफ़ भाई उसकी फ़िल्म में काम करेंगे जिसकी स्क्रिप्ट वह लिख चुका था और जिसका पोस्टर भी वह बना चुका था। 'आबनूस' पोस्टर पर लिखा था। जिसके दोनों ओर मीना और यूसुफ़ के चेहरे थे।

वह खड़खड़ करती खुली खिड़की से शहर का क़िला देखते बोला, 'कुछ खाओगी...'

दूर जैसे क़िले के सबसे ऊपरी कमरे की बरसों बन्द खिड़की से झाँकते उसने कहा, 'हाँ...'

उसने चीकट तकिए के नीचे से सूखी मूली और पथरा चुकी अदरक सामने रख दी।

मूली वह चबा रहा था।

अदरक ले कर कोई खिड़की बन्द कर जा चुका था।

'अब तुम सोओ', उसने कहा।

'तुम जाओगी?' उसने पूछा।

वह गयी नहीं। हिलती-सी कुर्सी पर बैठ गयी।

उसने आँखें बन्द करते कुछ देखते कहा, 'अभी तुम जिस कुर्सी पर बैठी हो कल आधी रात बाद वह आयी थी...यहीं बैठी थी।'

वह चौंक कर खड़ी हो गयी।

उसने नहीं पूछा...'कौन??'

उसने कहा...'परग्रही।'

'बुलाता हूँ तो आ जाती है।'

'चलती हूँ'...उसने कहा।

'कहाँ जाओगी?'

उसका स्वर सूखा था।

'घर।'

उसका स्वर सूना था।

'दरवाज़ा बन्द करती जाना।'

उसने बाहर आ दूर से वह खिड़की देखी जहाँ से वह क़िले को देख रहा था।

दोनों खिड़कियाँ बन्द थीं। उसके कमरे की भी, क़िले की भी।

# 3

वह आ रही है।

दरवाज़े को सीढ़ियाँ चढ़ते उसके पैरों की आवाज़ से पता लग चुका था। वह खुल गया।

कमरे में सुबह के छोड़े अस्त-व्यस्त कपड़े थे।

कमरे में फ्रिज में पानी की ख़ाली बोतलें थीं।

कमरे में पंखा चल रहा था।

कमरे में म्यूज़िक सिस्टम की लाल आँख किसी बिल्ली की आँख-सी उसे देख रही थी।

कमरे में उसके जाने की थकी हड़बड़ाहट थी।

कमरे में उसके आने की लस्तम-पस्तम थी।

कुर्सी के हत्थे ने उसके कन्धे पर झूलता बैग ले लिया।

उसने दिन भर के कसे बालों को खोल दिया।

उसने दिन भर से कमरे में उलटी पड़ी चप्पल को सीधा किया।

दिन भर से उसे कसे कपड़ों ने अपनी कसावट छोड़ दी।

उसने बैग में से सफ़ेद रूमाल निकाला जिस पर दिन भर बजते मोबाइल की रिंग की लकीरें थीं। उसने रूमाल चेहरे पर रखा और कुर्सी पर पसर गयी।

वह आ रही है।

किशोरी अमोनकर की सीडी घूमने लगी।

'सहेला रे आ मिल गा'

सहेला रे

स

हे

ला।

पलँग पर उसने सफ़ेद चादर फैलायी।

चादर आधे पलँग पर पसरी आधे पर नहीं। वह उस आधे पसरे चादर की सलवटों पर लेट गयी।

नींद नहीं
सपना नहीं
जाग नहीं

सिर्फ़ किसी सूनी गली में बलखाती आवाज़... 'सहेला रे आ...'

आधे पलँग पर न चादर थी न वह।

नींद नहीं
सपना नहीं
जाग नहीं

इस कनपटी से उस कनपटी कोई साँप आ-जा रहा था।

# 4

वह आ रही है।

आईने के सामने वह खड़ी थी। आईने पर अँधेरा बिछा था। पीछे आधे पलँग पर चादर पर सलवटें थीं। अभी वह वहाँ थी।

अभी वह यहाँ है।

आईना कोई साँवला सीना था।

वह उस सीने में उतरने लगी।

साँवली रात में उस पर की एक-एक छाल उतर रही थी।

'सहेला रे...'

आईने पर अँधेरे का जल था।
जल पर सूखी पत्ती।
जल पर नीला पंख।
जल पर हरी नींद।

हरा सपना।
हरी जाग।

स्वर दम तोड़ रहा था...सहेला!!!!

## 5

वह आ रही है।

कुर्सी पर निढाल। बाल पीछे फैलाये। पलकों पर कोई चूरा है। उसकी अँगुलियों में उसकी अँगुलियाँ हैं। उसके घुटने पर उसका घुटना। उसके होठों पर कोई थमी बुदबुदाहट। उसके कानों में कोई घनी पदचाप। उसके सीने में कोई भाप। उसकी साँसों में कोई गाँठ। न ऊपर जाती न भीतर। ठण्डे अँगारे-सी।

पीतल के कटोरे में मेहँदी घोटते हाथ उसके बालों में उतरते। हरी शीतलता में बालों की बालू भीगती। आईने का अँधेरा, चादर की सलवटें उस मेहँदी में घुल उसके बालों को समेटते।

उसकी पगथलियों पर हथेली भर-भर मेहँदी लेपी जा रही।

नींद—नहीं
सपना—नहीं
जाग—नहीं

वह आ रही है।
मेहँदी सने पैरों चलते।
आँगन पर हरी चाप।

मीरा ने कहा—मैं हाज़िर नाज़िर क़द की खड़ी।

वह आ रही है।
बालों की भीगी बालू में रची मेहँदी में अपनी अँगुलियाँ धँसाये।
मोबाइल की रिंग फिर फन उठाती दम तोड़ रही।

नल की तेज़ धार से जल बिल से निकलते बिलबिलाते जीव पर उफन रहा।
वह उस धार को थामे लिपट जाती।
लता।

ऊपर उठती। बहती।

वह उस धार को थामे उस चील तक पहुँच जाना चाहती।

उसके सीने में उठती भाप में चील किसी थक्के-सी जम जाती।

## 6

नीली इबारत से रचा गाऊन पहने वह अभी बगीचे की दूब पर चल रही है।

इबारत से इबादत हर्फ़ दर हर्फ़ मिट रही।

रात है। सन्नाटा है।

सन्नाटे में साँस की हिचक।

फूल पौधे सब सो रहे। उनके सोने के गलियारे में वह दम साधे चल रही है।

नीली देह में वह लेटा है। दिन भर की हाँफनी के बाद। पेड़ पर बैठी बिल्ली पर भौंकने की थकान के बाद।

वह उसे उठा गोद में लेती है।

वह पलकें नहीं खोलता।
वह उसे सीने से लगा लेती है।

उसके दोनों पंजे उसकी गरदन पर।
वे सो रहे हैं।

# 7

वह आ रही है।

बाल खुले हैं पीली साड़ी पीले ब्लाउज़ में वह एक बड़े कमरे में प्रवेश कर रही है।

कमरे में सूनी उपस्थितियाँ पसरी हैं।

उसकी नज़र उस ओर नहीं जाती।

उसके सामने एक काली दीवार है जिस पर वह खड़िया से कुछ लिख रही है। जहाँ-जहाँ वह लिखती जा रही है वहाँ-वहाँ दीवार उखड़ती जा रही है। उसे लगा

जैसे काले आकाश में वह कोई पीली पतंग है जो किसी दीवार से टकरा गयी है।

दो नीली पतंगों के बीच
एक पीली पतंग
उड़ रही

धागा किसके हाथ

तीन पतंगें आकाश में
थम-सी गयीं

किन्हीं छतों पर तीन उड़ाने वाले
कहाँ गये

उसने पीछे नहीं देखा। पर उसके पीछे कोई देख रहा था। वे सब जो अपनी सूनी उपस्थिति के सन्नाटे में वहाँ बैठे थे। वह जानती वे उसे देख रहे हैं। उसके रोम-रोम पर वह देखना महसूस हो रहा था। पर उसने पीछे नहीं देखा।

लाल चींटियों का रेला उसकी पीठ पर उतर चुका था।

# 8

वह आ रही है।

सलेटी सूट पहने।

कमरे के कोने में वह आधी मेज़ पर झुकी है। उसके पास गर्मी या सर्दी से बचने के सब साधन हैं। उसकी क़लम दुरुस्त है और दवात में स्याही भरी है। चारों ओर सन्नाटा भी है। टेबल लैम्प से झरते प्रकाश में ख़ाली काग़ज़ दमकते उसके स्पर्श की प्रतीक्षा में दम साधे हैं। वह झुकी है और देख रही है कि काग़ज़ अब सफ़ेद नहीं स्याह हो गये हैं। जिनमें एक आकृति किसी बावड़ी के अँधेरे में सीढ़ी-दर-सीढ़ी उतर रही है।

कौन है वह!!!

उससे रहा नहीं गया। वह टॉर्च जला उसे देखना चाहती है। पर टॉर्च उस वक़्त दगा दे गयी।

वह उठी और टॉर्च को खिड़की के बाहर के अँधेरे में फेंक दिया।

अँधेरे में वह टॉर्च किसी टूटे तारे-सी कहीं धँस रही थी।

मगर वह कौन था।

क्या उसकी पीठ पर भी चींटियों का रेला था।

कौन था वह।

क्या वही जिसके कमरे में रात गये कोई परग्रही उसके बुलाने पर आ जाता है।

मगर वह क्यों बुलाता है।

मगर वह उसके बुलाने पर क्यों आ जाता है।

वह इनकार क्यों नहीं कर देता।

वह बुलाना बन्द क्यों नहीं कर देता।

वह उस पीठ पर अपने स्तनो के दीये रख देना चाहती है।

# 9

वह आ रही है।

उसके हाथ में भीगा पत्र है। पत्र में स्याही की जगह चुटकी भर अक्षत रखे हैं।

पत्र पर पते की जगह कुंकुम के छींटे बिखरे हैं।

पत्र पर प्रेषक के नाम की जगह एक सीढ़ी रखी है।

नीम के सूखे पेड़ के तने पर लाल डिब्बे के अधखुले मुँह में वह पत्र सरकाती है।

पत्र के सरकने से पहले कोई लाल डिब्बे के भीतर से उसका हाथ थाम लेता है।

अपनी हरी साड़ी में वह भीगने लगती है।

लाल डिब्बे के भीतर कोई हथेली उसकी हथेली में भीगा-सा कुछ रखती है।

क्या डिब्बे में भी कोई पत्र बाहर को दे सकता है वह सोचने लगी।

*जाओ पोस्ट कर आओ।*

पर कहाँ?

लाल डिब्बे में दोनों की हथेलियाँ भिंच जाती हैं जिनमें सारे भीगे पत्र मेहँदी की तरह पसरने लगते हैं।

नीम के पेड़ पर कमेड़ी सबसे ऊँची शाख पर बैठी अपने भीतर की पुकार को तपती दोपहर के सीने में उतारने लगती है।

## 10

अभी वह रसोई में है। आज उसने ख़ूब सारी सब्ज़ियाँ, फल ख़रीदे हैं।

*बताऊँ क्या...क्या क्या ख़रीदे।*

उसे लगा जैसे वह किसी से कह रही है।

उसे बहुत बुरा लगा उसका ऐसा कहना।

वह रसोई से बाहर आ गयी।

झूलती कुर्सी पर बैठे उसने एक नज़र रसोई की तरफ़ डाली।

वहाँ ढेर सारे हरे रंग की सब्ज़ियों के बीच पीले नीबू अपनी खटास की नसों में फटने को आतुर दिख रहे थे।

उसने सोचा हरे पर पीले का चुम्बन।
उसने सोचा पीले पर हरी उदासी।

उसने कमरे की खिड़कियाँ, दरवाज़े खोल दिये।

किशोरी अमोनकर चुप थीं।

उसने कहा,...'ताई...सहेला!!'
उसने कहा,...'ताई...सहेला!!'

# 11

अ-शोक वृक्ष के नीचे अ-शोक वाटिका में पीठ किये बैठी है वह। उसके हाथ में एक तिनका है।

पीछे अदृश्य रेखा के उस तरफ़ दशानन खड़े हैं।

वे कुछ नहीं कह रहे।

वे चुप हैं।

हवा चुप है।

वृक्ष पर पक्षी चुप हैं।

उसके हाथ में तिनका है। उस तिनके पर उसकी अँगुली ऊपर-नीचे जा रही है। उसकी रीढ़ में कुछ ऊपर-नीचे लुढ़क खिसक रहा है।

उसकी अँगुली में अँगूठी है।

हरी या लाल या नीली।

अँगूठी में मछली बल खा रही है।

बल खाती मछली उसकी अँगुली से लिपटी है।

वह अँगूठी को अँगुली से निकाल तिनके पर डाल देती है। अँगूठी के भीतर सिहरता तिनका उसके हाथ को कँपा रहा है।

दशानन कुछ कहना चाहते हैं।

पता नहीं क्या।

वे मुड़ते हैं तो अदृश्य रेखा उनके पैरों से लिपट जाती है। वे सोचते हैं *क्या कभी वे उसे कुछ कह पायेंगे।*

दिन ढल जाता है। रात बीत जाती है।

## 12

अभी वह दाल में से कंकड़ चुग रही है।

अभी उसके डाले दाने पक्षी चुग रहे हैं।

अभी उसके सूखने डाले कपड़े तनी पर झूल रहे हैं।

अभी सिगड़ी का बुरादा उसके फूँक मारने से पिघले सोने-सा चमका है।

अभी नयी मटकी में भरे पानी में वह एक इलायची डाल रही है।

आँगन पर अभी वह पोंछा फेर रही है।

अभी उसने बन्द घड़ी में सेल लगाया है।

अभी-अभी उसके दाँत में से कई दिन से फँसा अजवाइन का दाना निकला है।

# 13

वह आ रही है।

अरसे से सिरहाने की ओर ध्यान नहीं गया। आज उसने सिरहाना बदल उस तरफ़ से इस तरफ़ कर लिया है। उस तरफ़ मृतकों के सर होते हैं। इस तरफ़...

मुस्कान उभरी है अभी।

वह लेट गयी।

पोंछा किये आँगन पर किसी के पैरों के निशान दिख रहे हैं।

किस तरफ़ जा रहे हैं वे?

किसके हैं?

कौन है?

वह कोई अँगूठी है जिसमें कोई मछली बल खा रही है।

# 14

वह आ रही है।

कुर्ती, कांचली, घाघरा, ओढ़नी पहने। रात के अँधेरे में वह कोई लाल बिन्दु-सी क़िले के भीतर जाती दिख रही है। क़िले में कोई नहीं है। सिर्फ़ ऊपर के कमरे की खिड़की कभी-कभार आधी खुलती है और झिझकते-से कोई अदृश्य हाथ अँधेरे में से जाने क्या ले भीतर चले जाते हैं। खिड़की ब़न्द हो जाती है।

कौन है वह?

क्या है जो दिया जाता है जिसे कोई भुतहा सन्नाटे में लेता है।

क़िले की ऊँची दीवारों, बन्द दरवाज़ों, खिड़कियों, झरोखों में बरसों के कपड़े पड़े हैं। कुछ पहने कुछ अनपहने, ज़्यादातर सिर्फ़ एक ही बार पहने। तलवारों का ठण्डा लोहा पड़ा है कमरों में। बख़्तरबन्द पर मकड़ी फिसल रही है।

ऊँचे दरवाज़े के नीचे से वह किसी मन्थर बहते प्रवाह में लहर-दर-लहर ऊपर उठती नाव-सी आगे बढ़ रही है। नाव में कोई लालटेन रखी है जो कभी दिखती है कभी नहीं।

लालटेन की मद्धम लौ सी वह आ रही है।

उसके बाल खुले हैं।

क़िले के भीतर कभी रानियाँ रहती थीं। उनका रहवास अभी गूँगी पाजेबों और पथराये घुँघरुओं और मैली पड़ती चूड़ियों की चुप्पी में धरती में धँसा-सा पड़ा है।

उसके नाक में नथ है, कानों में बालियाँ, आँखों में काजल, हथेलियों पर मेहँदी, हाथों पर बाजूबन्द, कांचली के भीतर कोई उत्तप्त गहना है जिससे कुर्ती कसी है। वह रनिवास की तरफ़ नहीं जा रही।

वह जा रही है और पेड़ों पर बैठे बूढ़े पक्षी एक-दूसरे की आँखों में देख रहे हैं।

उस तरफ़ कोई नहीं जाता।

सिर्फ़ क़िले की ऊँची दीवारें और उन पर लहराती सीढ़ियाँ हैं। अक्सर उस तरफ़ कभी किसी को जाने नहीं दिया जाता था। जो जाता था वह लौटता नहीं था। जो लौटता था वह फिर कहीं भी जा नहीं पाता था।

अभी सिर्फ़ साँप हैं जो कहीं भीतर पसरे हैं।

अभी सिर्फ़ बूढ़ी बिल्लियाँ हैं जो लगभग अन्धिया चुकी हैं। अभी सिर्फ़ एकाध लँगड़ा कुत्ता है जो रात गये रोना भूल गया है।

लगभग खिरती दीवार के बड़े आले में लुढ़की-सी मटकी पड़ी है और आसपास जंगली वनस्पति उग आयी है।

नयी मटकी में कभी जल भरने के बाद इलायची उतारी गयी थी। उस माटी और इलायची के स्वाद में शीतल हुए जल को कभी करवा भर उस पर किसी ने धार छोड़ी थी।

अभी कहीं कोई नहीं है।

सन्नाटा भी इतना सन्नाटा है कि सन्नाटा नहीं रहा है।

एक-एक कर बेस से, सिंगार के भार से वह मुक्त हो रही थी।

क़िले में सिर्फ़ रात थी।

रात...रात...रात रात रात

रात...रात...रात रात रात

बरसों पुरानी मटकी से वह लोटा भर-भर ख़ुद पर उँडेलती।

वह जाने कैसा जल था जो इतनी शीतल राख-सा उस पर बिखर रहा था।

यह दहक नहीं।

यह तृप्ति नहीं।

वह दोनों हाथों उस मटकी को उठा खुद पर उँडेलने लगी। बरसों से एक करवट पड़ा कोई निस्पन्द स्मरण उस पर बिखर रहा था।

रात।

सिंगार।

पुकार।

क़िले के रोम-रोम में स्नान हो रहा था।

कोई इत्र लिए खड़ा था।

कोई बेस लिए खड़ा था।

कोई थाली के जल में फिसलते चाँद को सम्हाल रहा था।

उसने कहा, 'ये क्या कर रहे हो? छोड़ो उसे।'

उसने चाँद को थाली की जकड़ से मुक्त करा दिया।

अभी कण्ठ के गलियारे में आलाप की तड़ाछ।

अभी पलकों की फफक में फफक की रड़क।

वह अब लौट रही है।

कोई न पूछे कहाँ।

अँधेरे सन्नाटे में खिड़कियाँ खुलतीं। दरवाज़े चरमराते, झरोखों से देखा जाता। हारमोनियम के गूँगे स्वरों पर दौड़ता कोई घुड़सवार पूछना चाहता, 'हुकुम, कहाँ जा रहे?'

मगर वह टूटे सुरों पर जा गिरता।

क़िले के रोम-रोम से स्वर उठते।

वह जा रही है...।

उसने नहीं सुना।

उसे कोई बुला रहा था।

उसने नहीं सुना।

वह उधर नहीं गयी।

उसे जाना था वह जा रही थी।

## 15

वह स्टेशन जा रही है। बरसों हुए स्टेशन गये। बरसों से वह स्टेशन से घर नहीं आयी। एक समय था जब वह रोज़ कहीं जाने को स्टेशन की ओर लपकती थी। दूर पराये देस जाने की इच्छा हर दूसरे दिन उसमें उठती थी। पता नहीं कितनी यात्रा वह कर पायी। पर अब वह हर जाने को टाल देती है। वह सोचती थी बाहर सब बाहर है कोई कितना बाहर जायेगा, बाहर कोई भीतर नहीं।

रेलें फिर भी अपने वक़्त पर आती थीं अपने वक़्त पर चली जाती थीं।

अभी वह स्टेशन पर है। रेल आकर जा चुकी थी।

जिसे उतरना था वह उतर चुका था।

जिसे नहीं उतरना था वह नहीं उतरा।

वीरान प्लेटफ़ॉर्म पर वह दूर तक चलती रही। अन्तिम छोर आने पर वह पलटी और लौटने लगी जैसे जिसे लेने आयी थी वह उसके साथ-साथ चल रहा है।

'आप बहुत अरसे बाद दिखीं,' बूढ़ा स्टेशन मास्टर उसे कह रहा था।

'आजकल कहीं जाना नहीं होता।'

वह पूछ रहा था।

'आजकल कहीं जाना नहीं होता।'

वह कह रही थी।

वह इससे अधिक उसके सामने रुकना नहीं चाहती थी। उसे भय था वह अगला सवाल यही करेगा, 'किसी को लेने आयी हैं?'

वह नहीं चाहती थी कि अब वह उसे देखे जो उसके पीछे खड़ा था। उसे देख वह पूछेगा, 'अच्छा इन्हें...!'

वह उसके सामने से गुज़र रही है। पीछे वह ख़ाली पटरियों को देख रहा था। पूरे दिन पूरी रात जिन्हें वह देखता रहता है।

एक लालटेन, हरी-लाल झण्डियाँ, एक सीटी, एक घण्टी और दिन भर धूप में पसरा प्लेटफ़ॉर्म। बहुत बड़ी पसरी दुनिया में वह अपने घर से दूर यहाँ रहता है। आने वाली गाड़ी को जाते देखते।

वह किसे लेने गयी थी?

# 16

कमरे में वह पलँग पर पसर गयी। दरवाज़ा बन्द था। बाहर कोई बाहर नहीं था। कमरे में सब कुछ अपने भीतर था। कोई आवाज़ नहीं, हरकत नहीं। वह छत, दीवारें, दरवाज़ा, खिड़की, मेज़, कुर्सी, आँगन, पंखा, फ्रिज, म्यूज़िक सिस्टम, रसोई से झाँकते बरतन, बाथरूम में नहा कर लापरवाही से लटकाया गया टॉवल देख रही थी।

उसने चादर पर हाथ फिराया। हाथ को देखने लगी।

वहाँ कुछ भी नहीं था।

# 17

वह देख रही थी। यशोधरा का देखना वह देख रही है।

बुद्ध का जाना।

क्या बुद्ध देख रहे हैं यशोधरा का देखना।

वे जा रहे हैं। यशोधरा देखने में डूबी।

वह रोक नहीं रही।

वे रुक नहीं रहे।

वह सिर्फ़ अपना हाथ देख रही है जो उनके जाने की दिशा में उठ सकता है, रोकने को, जाते हुए में से कुछ मुट्ठी में भर लेने को।

हाथ वही है।

हाथ में कुछ शेष बचा भी है कि नहीं। कुछ हाथ आया भी कि नहीं।

इस तरह कैसे जा सकते हैं।
विरक्त...
करुणामयी...

वे कुछ नहीं देख रहे। वे सिर्फ़ जा रहे हैं।
वे चले गये हैं। वे रह गये हैं।
और यशोधरा तुम??

पृथ्वी पर हवा चल रही है बेआवाज़। वह कहीं भीतर है जहाँ भीतर कुछ भी नहीं। शेष क्या है?
पर्वत पर खुदी बुद्ध की पलक पर चिड़िया बैठी है।
वह कमरे में ध्यान में डूबी है।
उसकी आँखें बह रही हैं।

'वे चले क्यों नहीं गये?'

उसकी आँखें बह रही हैं।
उसके गले पर गच्छामि-गच्छामि की भीगी रस्सी कसती जा रही है।

उसके कानों में पदचाप के सूखे पत्ते झरते जा रहे।

'चले क्यों नहीं जाते।'

पूर्णिमा का ज्वार प्रतिमा पर है। यशोधरा बुदबुदाती है, 'वे पत्थर नहीं!!'

उसने गमन के वक़्त पीठ देखी।

उन्होंने उसकी आँखों को नहीं देखा। देखने पर जा नहीं पाते।

'कहाँ गये?'

किसी ने पूछा, 'कौन गया?'

शेष इतना शेष रहा कि शेष भी न रह सका।

# 18

वह अभी केबिन में बैठी है। सफ़ेद सूट में। कम्प्यूटर में वह आँकड़े भर रही है। फिर आँकड़ो का सार टाइप करने लगी। एक-एक कर अक्षर उसकी अँगुलियों से धक्के खाते कम्प्यूटर के पेट में समा रहे थे।

कुछ देर बाद गहरी साँस लेते उसने स्क्रीन पर देखा, 'तुम कौन हो?'

अरे यह किसने लिखा? वह सोचने लगी। उसके अलावा तो वहाँ कोई भी नहीं था। फिर?

उसने उस लिखे को मिटा दिया। फिर कुछ पल रुक स्क्रीन को देखा। जहाँ उसने आँकड़े भरे थे।

'तुम कहाँ हो?'

उसने आगे-पीछे, आस-पास देखा। कोई देख तो नहीं रहा। वहाँ कोई नहीं था। सिर्फ़ वह अकेली थी।

सिर्फ़ बड़े कमरे में बड़ा आदमी था।

कमरे में सिगरेट की गन्ध थी।

केबिन में उसका दम घुट रहा था। वह उठी और बड़े कमरे के दरवाज़े के उस तरफ़ चली गयी।

वह उसे देख रहा था।

वह उसे नहीं देख रही थी।

उसने कहा, 'बैठो।'

वह बैठी नहीं।

'तुम्हारे जितना शान्त पर्सन मैंने नहीं देखा।' वह कह रहा था।

'बहुत कम लोग ऐसा जीवन जी पाते हैं।'

उसने नहीं पूछा, 'कौन?'

उसे सिर्फ़ कमरे में घुली सिगरेट की गन्ध भली लग रही थी। वह गहरी साँसें ले रही थी।

उसे लगा वह उसके साथ जाने कब से सिगरेट पी रही है।

वह कुर्सी से उठ उसके सामने खड़ा हो गया।

दोनों बहुत देर तक चुप रहे।

फिर वह बोला, 'तुम कौन हो?'

उसने कहा, 'तुम कहाँ हो?'

# 19

वह देर शाम गये अभी छोटे से कमरे में बल्ब की पीली रोशनी में होम्योपैथ डॉक्टर के सामने बैठी है। वह कहता है बताइए वह सोचती है कि यह क्यों पूछ रहा है। वह चुप रहता है कि वह कुछ बता पाये। वह उसके चुप रहने में समझ नहीं पा रही क्या बताया जाना चाहिए, यह क्या जानना चाह रहा है।

वह कहता है, 'मुझे डॉक्टर न समझें।'

वह कहना चाहती है उसे बीमार न समझें।

'बहुत नींद आती है?'

'बहुत नींद आती है' वह कहते उसका सुनना सुन रही थी।

'नींद के बारे में कोई झूठ नहीं बोलता' वह कह रहा था।

'नींद के बारे में अक्सर सब लोग झूठ बोलते हैं।' वह कह रहा था।

'सपनों के बारे में।' उसने मन-ही-मन सोचा।

'आप कुछ बतायेंगी?'

'किस बारे में?'

'सपनों के।'

'वे आते हैं।'

'कौन?'

'सपने।'

'जी, देखा नहीं कभी।'

'किन्हें?'

'किसी को भी।'

वह चुप हो गया। वह चुप हो गयी।

काँच की भूरी शीशियों के अलग-अलग नाम से सब एक-सा दिख रहा था। इस एक-से दिखने में ही वह किसी पल किसी शीशी को उठायेगा।

उसमें क्या होगा?

नींद? सपना? जाग?

वह सफ़ेद काग़ज़ पर कलम टिकाये बैठा था।

वह कुछ कहेगी। और कागज़ पर बीमारी के संकेतों को वह दर्ज कर लेगा।

वह चुप रही।

वह दर्ज कर रहा था। उसे दर्ज करते वह देख रही थी।

# 20

वह पार्क की बेंच पर बैठी है। उसने आँखें बन्द कीं और हथेली खोल दी।

मीठी धप्प से कुछ पल में कोई नन्हा जीव हथेली पर उतर गया। उसने पलकें नहीं खोलीं। कोई है जो बैठा है। उसने नहीं पूछा, 'कौन?' सिर्फ़ हथेली पर नन्हे जीव की धड़कन पसरती जा रही थी।

कोई भी हो कोई तो आता है। उसका मन कर रहा था पलकें कभी न खुलें।

मुट्ठी तो अन्तिम वक़्त खुल ही जाती है।

एक उड़ान उसके चारों ओर कोई भर रहा था।

वह चली जायेगी।

उड़ जायेगी।

कोई उसे ले जायेगा।

अभी।

# 21

कमरे में आयी है वह। कमरा इतना दिख रहा है कि उसे कुछ भी नहीं दिख रहा। ख़ुद भी नहीं।

साबुन से हाथ धो रही है। धोती जा रही है। साबुन इस हथेली से उस हथेली से होती घुल रही है। कोई भीगा ख़रगोश इस हाथ से उस हाथ जाता।

कोई भीना-सा पर्वत इस नदी से उस नदी जाता।

कोई है जो अपनी देह छोड़ रही है। कोई है जो उसे परत-दर-परत खोल रहा है। जल की धार के नीचे नमक-सा महकता कुछ अपने भीतर का सर्वांग उलीच रहा।

कोई है जो उसे अतल से ऊपर खींच रहा।

उसके हाथ साबुन के झाग से सने हैं।
उसके चेहरे पर पसीना।
मैल उतर गया होगा।
थकान बह गयी होगी।

ताप?

## 22

जो वस्त्र पहनने को निकाले वे झिझकते बाहर आये।
कैसी झिझक?
कौन पहन गया?
कौन है इस कमरे में उसके अलावा?
कहाँ?

आईने ने मुँह फेर लिया।
वस्त्र सम्मुख थे।
बहुत मन से पहने गये। बहुत मन से रहा गया।

उस वक़्त वह कहाँ थी?

## 23

'कौन है?' उसने पूछा।

'कौन है?' उसे सुनाई दिया।

किसके कपड़े पहने हूँ, कौन है जो मेरे कपड़े पहनता है? कौन है जो इन कपड़ों में ख़ुद को जीवित महसूस करता है? कौन है जिसका भीतर इन कपड़ों में बाहर आता है? कौन है जो मेरे कपड़ों में ख़ुद को ख़ुद-सा महसूस करता है? क्या है उसकी देह में जो मेरे कपड़ों में उतर तृप्ति पाती है? कौन है जो अपनी देह की भाप और तरलता और नमी और तपन मेरे कपड़ों

में सौंप जाता है। कौन है जिसका उद्दाम आवेग सन्नाटे में ये कपड़े ग्रहण कर लेने देता है?

ये किसके कपड़े पहने हूँ?

इन कपड़ों में किसने मुझे पहन लिया है?

वह अँधेरे में बैठी है।

वह कौन है?

## 24

रात की अँधेरी छत पर पक्षियों के लिए रखे पालसीए के जल में अभी वह छपक उतरेगी।

कण्ठ भीगेगा।

## 25

बालकनी में खड़ी वह देख रही है पीपल को कोई मौलश्री से बाँध रहा।

# 26

पलँग पर लेटी वह देख रही है छत पर कोई बादल उसे देख रहा है।

## 27

आलमारी में छुपा कर रखा कुछ सरक रहा।

## 28

वह सीधी लेटी है।

साँस लेती है तो लगता है कोई कमरे में इधर से उधर गया है।

कहाँ?

वह देखती है।

पलकें बन्द हैं।

कोई करवट है दम साधे।

वह हाथ बढ़ाती है।

कहीं जल की चुप छपक पलकें मूँद लेती है।

'सोवो'

'थपक'

नींद नंगे पैरों कहीं जा नहीं पा रही है। नींद नंगे पैरों लौट नहीं पा रही है।

साँस है जिसे आईना देख नहीं पा रहा है।

वह सो रही है उसकी जाग में सोना नहीं हो पा रहा है।

उसके तकिए के नीचे कोई आवाज़ है।

'सहेला...'

अधखुली किताब में गली मरोड़ खा रही है।

कोई दरवाज़े से सटा खिड़की से, बालकनी से झाँकता सीढ़ियों पर बैठा सो नहीं पा रहा है।

वह देखती है।

बालू पर हिरणी की हाँफनी है।

सरवर में पपड़ाये होंठों के पत्ते गल रहे हैं।

ऊँटनी गरदन ऊँची कर देखती है।

रात को टीला भख रहा है।

# 29

कोयम्बटूर के पास एक प्राचीन मन्दिर में वह जा रही है।

कौन लाया है उसे?

क्या वह जो किसी की अस्थियाँ लिए कैलाश मानसरोवर जा रही है।

कौन लाया है उन्हें?

वह दीवारों पर बोलती अक्का महादेवी के संग हो ली थी।

अक्का।

अगर ये कण्ठ तुम्हारा है तो तुम्हें ही गाऊँ।

अक्का!!

दरबार ने कहा जब कण्ठ उसका है और उसे ही गा रही हो तो ये वस्त्र तो राजा के दिये हैं उन्हें कैसे धारे हो।

उसने वे वस्त्र त्याग दिये।

सर से पैर तक बालों ने उसे ढाँप लिया।

अभी वह उस मन्दिर में है जिसके पत्थर काले-भूरे हैं।

मध्य में एक प्रतिमा है।

चेहरा कहीं झुका है।

एक पूरी देह बालों में ढँकी, छुपी।

मीरा कहती *मीरा थारे कांई लागे गोपाल!!!*

अक्का अपने बालों में सम्पूर्ण ढँकी।

सम्पूर्ण मन्दिर में अक्का की समस्त प्रतिमाओं में अक्का बालों में ढँकी।

वह परिक्रमा के झीने अँधेरे में उन्हें छूती है।

वह वन में विचर रही है।

वन उसमें विचर रहा है।
कोई उसमें परिक्रमा कर रहा है।
उसके बाल आकाशगंगा से बहते उसे थामे हैं।
वह उन हाथों थमी है।

वह किन हाथों थमी है!!

'कब फोड़ूँगी
मैं
घड़े
अपने स्तनों के

ओ मल्लिकार्जुन!!'

## 30

थक कर चील पसर गयी यूँ वह छत पर लेटी है। आकाश में एक भी तारा नहीं सिर्फ़ रेत उठती गिर रही है। गिरने की कोई आवाज़ नहीं। रेत उस पर झीने पर्दे-सी बिछ रही है।

नदी में क्या है? सपने की कोई गन्ध मन्द पड़ी साँस से मालूम नहीं पड़ती। कोई बिसरा गलियारा नींद में इधर से उधर पसरा है।

रक्त बूँद की लकीर आगे बढ़ रही है। लाल चींटियाँ जैसे स्वर्ग के द्वार पर चढ़ रही हों।

स्वर्ग!!

जैसे कोई उसे बहुत देर सो लेने के बाद जगा रहा हो।

कौन? वह उठ बैठती है।

बालों से रेत, चींटियाँ झड़ने लगते हैं।

वह ऊपर देखती है। ऊपर सिर्फ़ धूल भरा चुप आकाश है।

छत पर चील की तरह कोई उड़ते-उड़ते पसर गया दिखता है। वह उस पसारे से बाहर आ खड़ी होती है। उस पर से रेत, चींटियाँ झड़ने लगती हैं।

उसके सोने की जगह वे परिक्रमा करती अब भी बढ़ रही हैं। अँधेरे में कुछ नहीं दिखता। सिर्फ़ वह देख रही है घने अँधेरे और रेत के झरने के बीच। उसकी आँखों पर कोई रेतीला पर्दा हिल रहा है। नसों में रक्त भी शायद रेत में धँस रहा है।

मगर तब भी वह उन्हें देख पा रही है।

लाल चींटियाँ!!!

वह अपनी हथेलियाँ पलकों पर रख लेती है।

कोई कहेगा हथेलियाँ हटा लो।

वह नहीं हटायेगी।

कोई कहेगा हथेलियाँ हटा लो।

कौन कहेगा?

वह हथेलियाँ हटायेगी और उसकी पलकों पर से हथेलियों पर रेत और लाल चींटियाँ गिरने लगेंगी।

कोई नहीं पूछेगा कैसी नींद आयी।
किसी को वह बता नहीं पायेगी।

वह क्या था?
नींद?

# 31

'चाय बना दूँ?'

रसोई से आवाज़ आयी। रसोई में कोई नहीं था।

'नहा लो।'

बाथरूम से आवाज़ आयी। बाथरूम में कोई नहीं था।

'कुछ खा लो।'

रसोई से आवाज़ आयी। रसोई में कोई नहीं था।

'कपड़े धो दूँ?'

बाथरूम से आवाज़ आयी। बाथरूम में कोई नहीं था।

'अरे लहसुन कहाँ रखे हैं?'

'अरे सर्फ़ नहीं है क्या?'

'बर्तन धो दूँ?'

'कपड़े सुखा दूँ?'

रसोई से आवाज़ आयी थी। बाथरूम से आवाज़ आयी थी।

उसने पलकें मूँद लीं।

'मुझे भूख नहीं है।'

उसके कण्ठ में बवण्डर-सा कुछ उठा और वहीं गिर गया।

'मुझे भूख नहीं है।'

कमरे में लाल चींटियाँ हर चीज़ पर थीं।

# 32

'हेल्लो।' वह फ़ोन पर बोल रहा था।

वह चुप।

'हेल्लो।' फिर वह फ़ोन पर बोल रहा था।

वह चुप।

'आज रात कटने-सी नहीं लग रही।'

उससे चुप नहीं रहा गया, 'सो जाओ अभी।'

कुछ देर वह चुप रहा। फिर उससे चुप नहीं रहा गया।

'आज रात कटती नहीं लगती।'

'सो जाओ कल सुबह आती हूँ।' उसकी आवाज़ में कमरे का ख़ालीपन था, वह सो गयी। बिस्तर कुएँ पर का जंगला बन गया।

छपाक!!!

वह नींद पर कोई खरोंच थी।

छपाक!!!

वह कण्ठ में मरोड़ थी।

'सो जाओ।' उसने सुना।

एक हाथ अधखुली खिड़की से बढ़ा।

क़िले पर की खिड़की में अँधेरा था।

उसने सपने में देखा उसे पुकारने वाला आधा दरवाज़े के इस तरफ़ आधा उस तरफ़ फटी चील-सा पड़ा है।

वह उठना चाहती थी।

वह उसे उठाना चाहती थी।

उस गिरे व्यक्ति की आँखों में ठिठुरती रात स्वर्ग के द्वार की सीढ़ी लटक रही थी।

# 33

'तुम्हारे हाथ में तो रेत ही रेत है।' कभी उसने कहा था।

'तुम्हारे चेहरे पर तो रेत ही रेत है।' कभी उसने कहा था।

'ऐसी रेखाएँ मैंने कभी नहीं देखीं।' उसका हाथ देखते वह कह रहा था। वह उसका चेहरा देख रही थी।

उसके चेहरे को जैसे उसकी हथेली ने ढाँप दिया हो।

'तुमसे पहले सब मर जायेंगे।' वह कह रहा था।

'मैं भी।'

वह कह रहा था।

वह सुन रही थी जो वह कह रहा था। वह गूँगी-बहरी-सी उसे सुन रही थी। वह अन्धी-सी उसे देख रही थी।

'तुममें कोई रहता है।'

'किसी में तुम रह नहीं पायीं।'

यह कैसा हाथ है? वह उसके हाथ को अजीब कशमकश में दबाये था।

यह कैसा हाथ है? वह उसके हाथों के भीतर जा रही थी। वह उसके सीने पर, पेट पर, हाथ फिरा रहा था। सूखे तालाब, सूखी बावड़ियाँ उसके हाथों के स्पर्श से पपड़ा रहे थे।

वह उसकी आँखों में झाँक रहा था।

दोनों की आँखों में पुतलियाँ नहीं थीं।

## 34

'आली री मैं तो जागी सगरी रैना...'

-

-

-

कभी किशोरी ताई ने कहा था विलम्बित आरम्भ, विलम्बित मध्य, विलम्बित ही में समाहार हो।

मैं

तो

जागी

सगरी

रैना

आली री...

अभी ताई उसके सिरहाने बैठी ललाट पर हाथ फिरा रही है। तानपूरा जब तक पूरा सुर में न आ जाये वह उसके ललाट पर अँगुलियाँ फिरा रही है।

अँधेरे कमरे में कोई कोयल पंख फड़फड़ा रही है।

नींद की चौखट तक।

सपने की करवट तक।

जाग की चुप्पी तक।

आली री...

# 35

अस्पताल है कोई या अस्तबल क्या फ़र्क़ पड़ता है। खूँटे से बँधो या खाट से बँधो क्या फ़र्क़ पड़ता है। वो कोई डॉक्टर हो या हकीम हो दर्दमन्द हो या कोई कुछ भी हो क्या फ़र्क़ पड़ता है।

वह ठिठुरती सुबह माँ के बैड के सामने बैठी थी जहाँ जिस बैड पर वह बैठी थी वह भी किसी की माँ थी जिसे कोई रात गये छोड़ गया तो लौटने का रास्ता या नाम भी मिटा, भुला गया। क्या फ़र्क़ पड़ता है वह कौन था। गया सो गया। जा ही तो नहीं पाया जो गया।

घट्टी में कुछ न कुछ तो डालना ही पड़ता है। न हो कोई अनाज तो कंकड़ ही डाल दो रात गये किसे पता चलता है। कोरे पाटों को तो नहीं घुमाया जा सकता।

कंकड़ भी न हो तो ज़रा-ज़रा अपना हीया ही डालते जाओ। घट्टी पीसेगी नहीं तो पथरा न जायेगी!!

पीसो रे पीसो।
घुमाओ रे घुमाओ।

एक तरफ़ कोई दूजी तरफ़ कोई। दोनों मिल घट्टी के हत्थे को कस घुमाये जाओ रे घुमाये जाओ।

पीसे जाओ रे।
पीसे जाओ रे।

आज अगर न पीसा तो मैं वह विष खा लूँगी जो तकिए के नीचे मन्नती गाँठ की शक्ल में दबा पड़ा है। गाँठ जो बुरी नज़र, बुरी तबीयत से निजात का मजाहिया ईजाद।

मुझे ऐसे मज़ाक़ पसन्द।
मुझे ऐसी मन्नती गाँठें पसन्द।
जो मुझे बीज-बीज ख़ुद में उतार ले।
जो मुझे बुरी नज़र से बचा भख ले।
धोरे पर पसरने दे।

कांचली...अरे!! कौन सर्पिणी साँस को मरोड़ रही।

धोरे पर बैठी रूदाली कहती, 'आ बड़भागन, मसानी मस्ती में मरोड़ को मरने दे...आ।'

जैसे कोई बीन में विष घोलता। बुला रहा।

'आ...'

जैसे कोई नीले थोथे में वक्ष का नमक छिड़क रहा।

जैसे कोई नींद की गोलियों में देह की गलियों की नब्ज़ें खोल रहा।

...और एक आवाज़ बुढ़ापे के बुख़ार में पैर तोड़ती-तड़फती-सी उठती, 'अरे!!! ...मेरी टोगड़ी इस अमावस बिरखा में भीज रही...'

गवरा देवी की पथराई पुतलियों में भटकता ईश्वर कहता मैं ईश्वर नहीं मैं ईश्वर नहीं होना चाहता। अरे, कोई मुझे अपनी देह की देगची में सेंक ले।

अरे!!! कोई चूल्हे से सीली लकड़ी से उठते धुएँ में फेफड़े भर फूँक मार दे तो अगन-अगन हो कुछ तो सिझाए, सीझे।

उसने दुलमेरा के पत्थरों का पथराया लाल ओढ़ना पहना और खेजड़ी पर एन सांगरी होने से पहले खोखा होते जाना कि आज उसे किसकी खाट पैताने बैठ क्या देखना है।

डोकरी फटे गले बार-बार इस ठण्ड में टोगड़ी के भीग जाने से परेशान हो हुबक-हुबक जी रही। बार-बार खाँसी से खंख-खंख उसकी देह उठती और उसे अपनी टोगड़ी समझ अपने सीने से...उसका सीना ठण्डा तवा। उसका सीना झुर्रियाया विलाप।

प्यास...

त्याज्य...

तृप्ति का तलछट।

# 36

वह आ रही है।

कौन?

पूछ कर कौन मरना चाहे।

मर कर कौन पूछना चाहे।

उसके आने के निमित्त वह जानती आलिंगन का गान कैसा आली-आली कर रहा।

राख मले।

विषपायी।

कामातुर।

उसकी नाभि पर कौन घृत भरा दीप रख गया।

# 37

वह जो आधी रात गये बुलाता था जिसे स्वर्ग का द्वार दिख गया था।

वह सूखती देह में अदरक।

वह सूखती देह में हल्दी की गाँठ।

वह सूखती देह में कूटी जाती।

हमाम-दस्ते को कूटता वह किसी की जन्मपत्री पढ़ते कूटा जा रहा।

कूटी जा रही वह।

## 38

खेजड़ी को रात गये कोई अपनी कांचली से कस रहा।

उस पर बैठा काग उड़ा...उड़ा।

उस पर बँधे कामना के धागे टूटे...टूटे...टूटे।

और कमेडियों की फड़फड़ाहट।

और उसमें पनाह पायी प्रेतनी बदहवास, उन्मत्त नृत्यरत।

डॉक्टर ने कहा, 'इनकी आँखें हरी हो गयी हैं अब आप इन्हें ले जा सकती हैं।'

वह उन हरी आँखों में टूटे घुटनों घिसट रही है।

स्वर्ग

का

सातवाँ

द्वार

जिसने बतलाया

उसकी हड्डियों में तरल वेदना को पनाह नहीं... नहीं।

उसके कन्धे पर किसी का हाथ है।

उसके होंठों पर चुम्बन का नाकारा चुम्बक।

उसके वस्त्रों को कोई वृक्ष की खोह में छुपा गया है।

वह अपनी कमर पर खुदे नख-दन्तों की इबारत में किसी के पढ़े जाने में हर्फ़-दर-हर्फ़ चिता पर रखी जा रही।

सेज...

सेज...

सेज...

कुल्हड़ में जल नहीं औंधे मुँह पड़ा चाँद है।

उसके वस्त्रों में ठीकरी पर ठीकरी रखता जो गया उसकी पीठ पर जो चेहरा है...वह बहुत मोहक है।

# 39

विलाप के आँगन पर जो खाट बिछी है उस पर कोई लेटा है। बरसों का सोया।

खाट में खट रही

-

-

रेत...राख...

सन्दूक लिए कतरनों में वह आ रही है।

हरी आँखों का जंगल धधक रहा है।

## 40

क़िले के द्वार पर ललाट का चुम्बन है।

ठीकरी में रखा भेद उसकी नाभि पर पलकें बिछा रहा।

ठाकर
ओढ़नी बिछ रही
उघाड़े न कोई

ठाकर
कांचली-कुर्ती

घाघरा धारे

भखते धोरे में उतर रहा।

कथाप्रियो, सो जाओ कथा के कत्थई पृष्ठ की साँकल के अधखुले फाटक चोर को आने से रोक नहीं पायेंगे।

आकाश में टूटे तारे की लकीर में एक गली है जिसमें वह पथरायी ओढ़नी अपनी सलवटों के रुदन में स्वर्ग के द्वार पर दस्तक दे रही है।

# 41

कोई चादर खींचता है।

कोई साँस खींचता है।

कोई सपने में धक्का देता है और वह नींद से बाहर गिरती है। गिर नहीं पाती है। सो भी नहीं पाती है। जाग भी नहीं पाती।

पर कहती नहीं कैसी ये ज़िन्दगानी।

कोई आधी रात गये घर के बाहर बे-साया घूमता है।

गले में जिसके विष नीलाभा में।

वह सो नहीं रही मगर जाग भी नहीं रही।

'तू चली जायेगी तो मेरा क्या होगा?' कहता था कोई।

वह भी कहना चाहती थी।

मगर किससे?

खोटे सिक्के खनकते जिन पर ईश्वर की छुअन थरथराती।

# 42

वह बैठी है स्टेशन के दो नम्बर प्लेटफ़ॉर्म की बेंच पर जाने कैसे वस्त्रों में। दिख तो रही है मगर दिखना नहीं चाह रही है।

इधर एक नम्बर प्लेटफ़ॉर्म की बेंच पर भी कोई बैठा है जाने कौन।

दोनों प्लेटफ़ॉर्म के बीच से रेल गुज़रती जा रही। उसके गुज़रने का सिलसिला अन्तहीन है।

स्टेशन की एक सूनी प्याऊ से वृद्धा नींद में सपने देख रही थी कि एक नम्बर प्लेटफ़ॉर्म पर बैठा कोई कूट वाक्य बोल रहा है जिसे उसकी बगल में बैठी स्त्री सुन नहीं पा रही है।

बीच की पटरियों पर से गुज़रती रेल की खिड़कियों से उधर बैठा वह दिख रहा है।

वह कुछ कह रहा है।

वह बैठी है।

उस तक वह नहीं जा सकता। अपने को रिक्त होते वह देख रहा है।

वह सुन रही है।

करवे के सूखे तल में बेंच थी। प्याऊ की मटकियों के भीतर एक हाथ हिल रहा था। उस हाथ का स्पर्श अपनी रेखाओं में भटक रहा था।

किसे छुआ उसने? किसने छुआ उसे?

कौन नींद में धक्के दे रहा?

राणा जी भेजा

विष का प्याला

-

-

तुम्हारे सूटकेश को लिए जा रही है वह।

उसमें क्या है?

तुम्हें पता?

# 43

खिड़की के सींकचों में कोई चेहरा बिंधा है। छत पर दुखते घुटनों की पदचाप है। रुँधा आकाश है। एलबम में कोई कोयला रख गया है। कोयल हरी हूक में हीया उलीच रही।

उसे कोई हरे वस्त्रों में निहार रहा है।
कुएँ में डोल की गूँज।
पातालतोड़।

हीया हरहराता दृश्य के हरियल हास में।
उदास।

## 44

नीला रक्त। नील-सपन। नील डुबक।

वह देख रही है।

उसे देखता कोई नीला हुआ जा रहा। जिसे देखती वह नीली हुई जा रही।

नीली पटरियों पर नीला सन्दूक नीली कतरनों में बन्द कर...वह...

वह

जा

रही

पुतलियों की नीली लहरों का सन्नाटा किनारों पर मौन में मसान हो रहा।

वह जा रही है।

स्वर्ग के सातवें द्वार पर कोयल की कूक। धरती पर कहीं कोरे केनवस पर लहराती काली लकीरें। किसी द्वार पर भयभीत कुत्तों का भौंकना।

वह जा रही है।

कव्वे आकाश में तारों से ज़्यादा।

वह जा रही है।

## 45

डॉक्टर ने कहा, 'वे जा चुकी हैं।'

तोतों ने भी सलाखें तोड़ते कहा, 'वह जा चुकी।'
दीमकों का रेला कोरस में बह रहा, 'वह जा चुकी।'

वह जिस मार्ग गयी इसे जिसने देखा वह नेत्रहीन कहता रहा, 'वह स्वर्ग का मार्ग नहीं था।'

क़िले पर जब अमावस का फटा कम्बल था तब उस ठिठुरती रात कोई धनुषाकार गिरा था।

वह शायद...वहाँ ठिठकी थी।

□□